さくら
お母さん
お父さん
ひかる
とも
JN242719

ひみつの きもちぎんこう

かぞくつうちょう できました

ふじもとみさと・作　　田中六大・絵

「やだよ！」
「ねえ、早く　かしてよ」
ひかるは、弟の　ともに
なかなか　ゲームを　わたしません。
「お兄ちゃんの　いじわる！」
ともが　むりやり　とろうとした
ひょうしに、ひかるは　ゲームを
おとしてしまいました。

「なに　するんだよ！
いいところだったんだぞ！」

バシッ。

「お兄ちゃんが　ぶったー！」

ともは　なきだして
しまいました。

「こら！　また　ともを　なかせて！
毎日　毎日　けんかばっかり!!
もう　いいかげんに　してちょうだい」

ともの　なき声をきいた　お母さんが、
ひかるを　おこりました。

「ともが　いけないんだよ！」
「ちょっとぐらい　かしてあげなさい！」
「だって、ともが　とろうとしたからだ！」
「ひかるは　お兄ちゃんでしょ！」
お母さんの　ことばに、
ひかるは　ほっぺたを
ぱんぱんに　ふくらませて、
ぷいっと　よこを　むきました。

つぎの日、学校から　帰った　ひかるは、
公園に　あそびに　いきました。
女の子が　ふたりと　男の子が
ひとり、すべり台の　じゅん番を
まっています。
「どけよ」
ひかるは、どんっと　その子たちに
体当たりしながら　れつに　わりこみました。

よこの　すな場では、小さい子たちが、
いっしょうけんめい、すな山を　つくっています。
すべり台から　おりた　ひかるは、
すな場に　むかいました。
「なんだ、こんなの！」
そう　いいながら、
すな山を　けとばして、
ぐちゃぐちゃに　してしまいました。

そして、ひかるは、小さい子たちに
「かして」とも　いわずに、シャベルを
とりあげて、まるで　自分のもののように
つかっています。
「ねえ、かえしてよ」
ひかるが　すなあそびを
つづけていると、小さい子たちは
なきだしてしまいました。

ちょうど　公園を　通りかかった
五年生の　お姉ちゃんの　さくらが、
そのなき声に　気づきました。
ないている子の　よこで、
ひかるが「たなかゆうき」と
かいてある　シャベルを　もって、
あなを　ほっています。
「ひかる。あんた、そのシャベル、

この子のじゃないの？」
さくらの　声が　きこえないかのように、
ひかるは、ひたすら　あなを　ほりつづけます。
「かえして　あげなさいよ」
さくらは、ひかるから　シャベルを
とりあげると、
「ごめんね」と　いいながら
ゆうきくんに　かえしました。

「よけいなこと、 するなよ!!」

ひかるは、 お姉(ねえ)ちゃんを つきとばして、
走(はし)って 公園(こうえん)から 出(で)ていってしまいました。

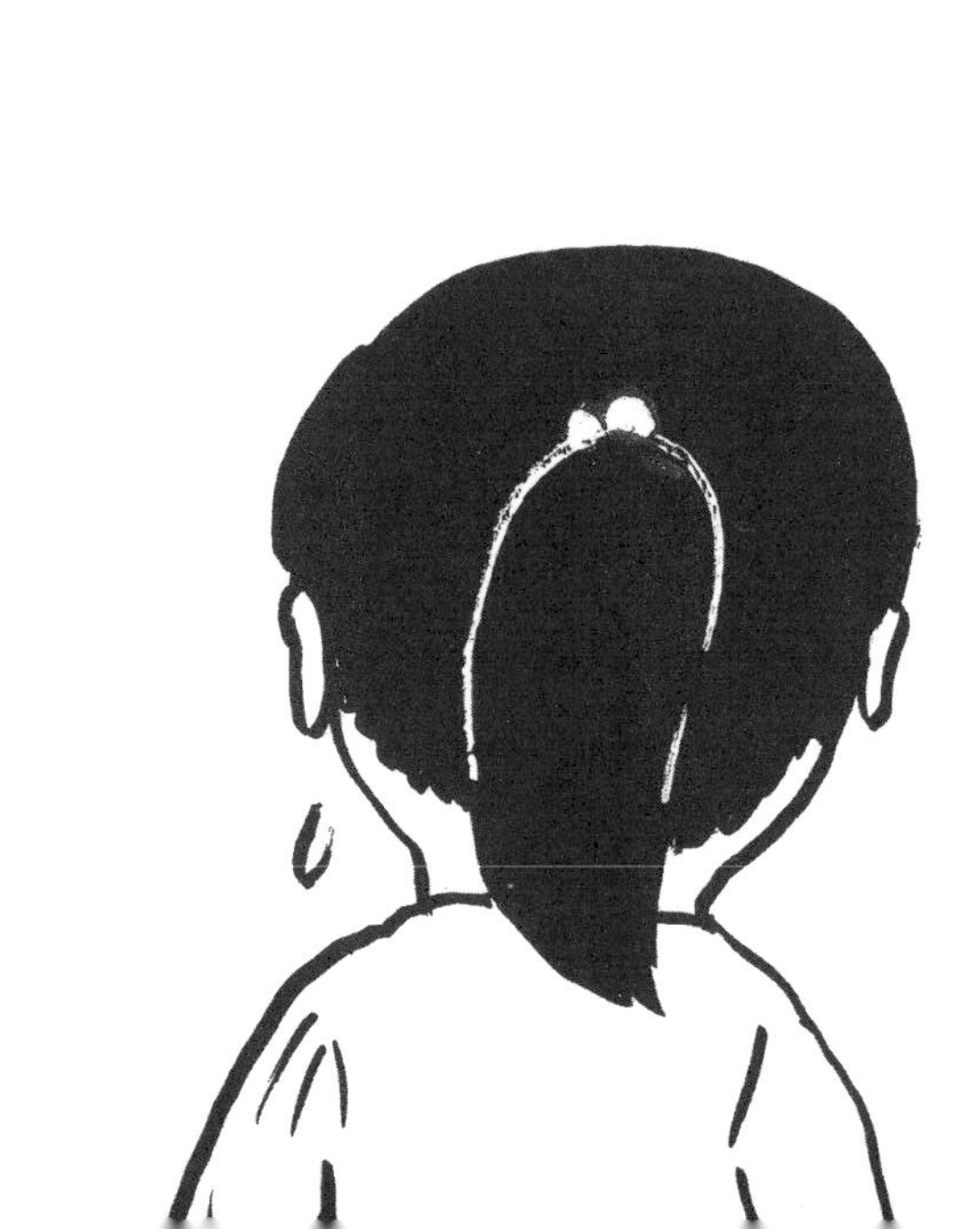

「ひかるくんって、前は いい子だったのに、
さいきん かわったわよねー」
そばに いた、ゆうきくんの お母さんたちが
話しているのが きこえます。
はずかしくなった さくらは、
あわてて 家に 帰ると、
いま あったことを
お母さんに 話しました。

「ひかるは　ころんだ　おともだちを
たすけてあげる　やさしい子だったのに、
さいきん　どうして　あんなに　らんぼうに
なってしまったのかしら……」
「あたしだって、あんな　弟が　いる　せいで、
学校で　かたみが　せまいんだからね」
さくらと　お母さんは　顔を　見合わせながら
ためいきを　つきました。

「なんで　いつも　ぼくばっかり、
おこられるんだよ！」
へやに　とじこもった　ひかるが、
そんなふうに　思ったときです。
頭の　上の　ほうから、　へんな　音が
きこえました。

ジャラーンー！
「なに、この音？」
じんじゃで　おさいせんを　入れたときの
音に　にていますが、それよりも　にぶく
ひくい　音です。

夜、お父さんが　しごとから　帰ってくると、
お母さんは　ためいきを　つきながら、
ひかるのことを　話しました。
「さいきんの　ひかるは
きょうだいげんかばかりだし、
きょうは　公園で　小さい子に
いじわるを　していたらしいのよ……」

お父さんは、　つかれて
帰ってきたときに、　かたを
もんでくれる　ひかるを
思いうかべました。

「ほんとうは　やさしい子なのになぁ。
どうしたんだろうな……」
お父さんと　お母さんは、　かなしい
顔を　しています。

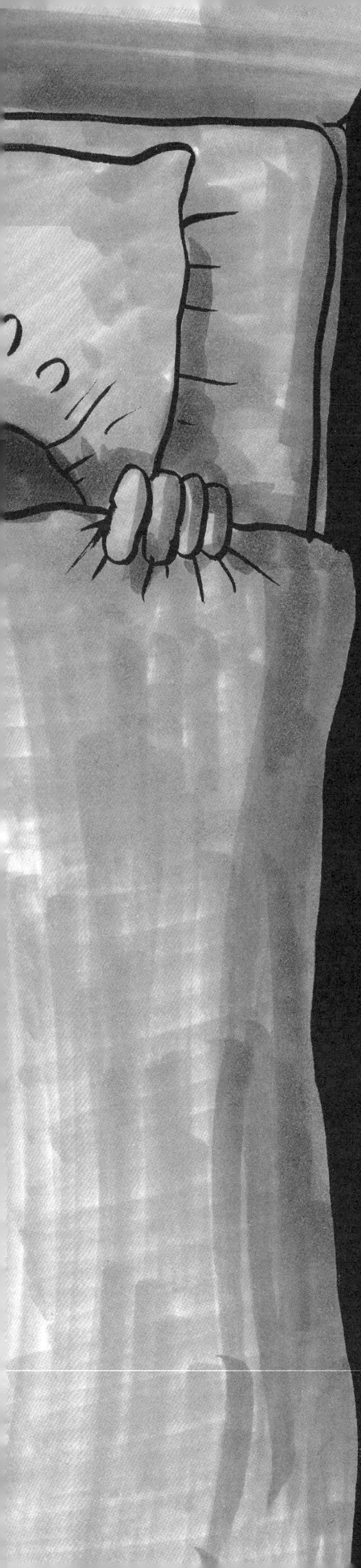

ふとんの　中に　入っていた　ひかるの
頭の　上から、また　あの　へんな　音が
きこえてきました。

ジャラーン　ジャラーン　ジャラーン！

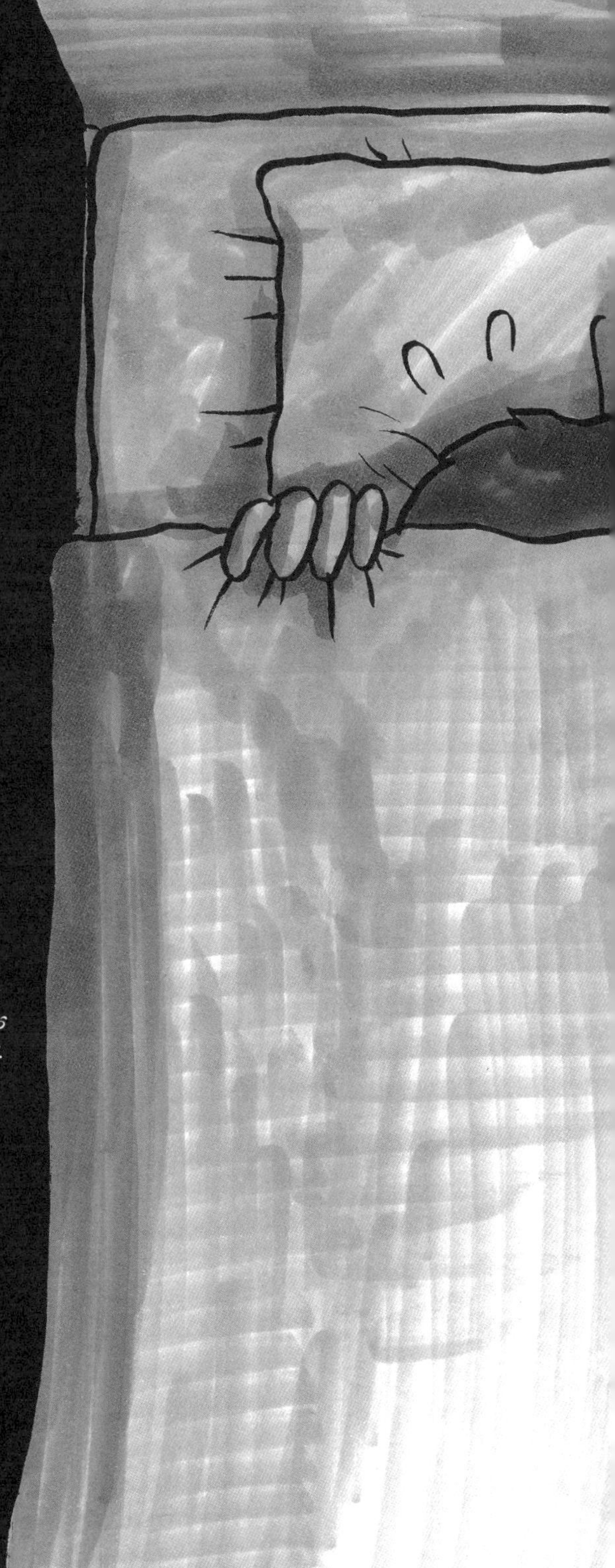

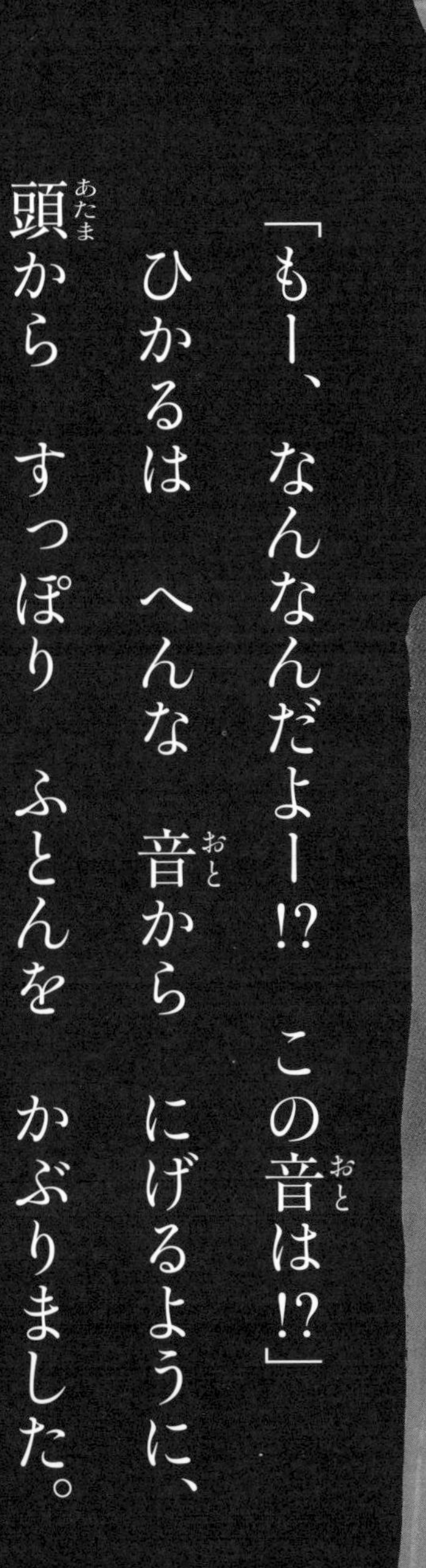

「もー、なんなんだよー!? この音は!?」
ひかるは へんな 音から にげるように、
頭から すっぽり ふとんを かぶりました。

「おはよう。ひかる、手紙が　きてるわよ」
つぎの朝、ひかるは、お母さんから
一通の　手紙を　わたされました。
ねむい　目を
こすりながら　見ると、
ふうとうの　うらに
【きもちぎんこうより】
と、プリントしてあります。

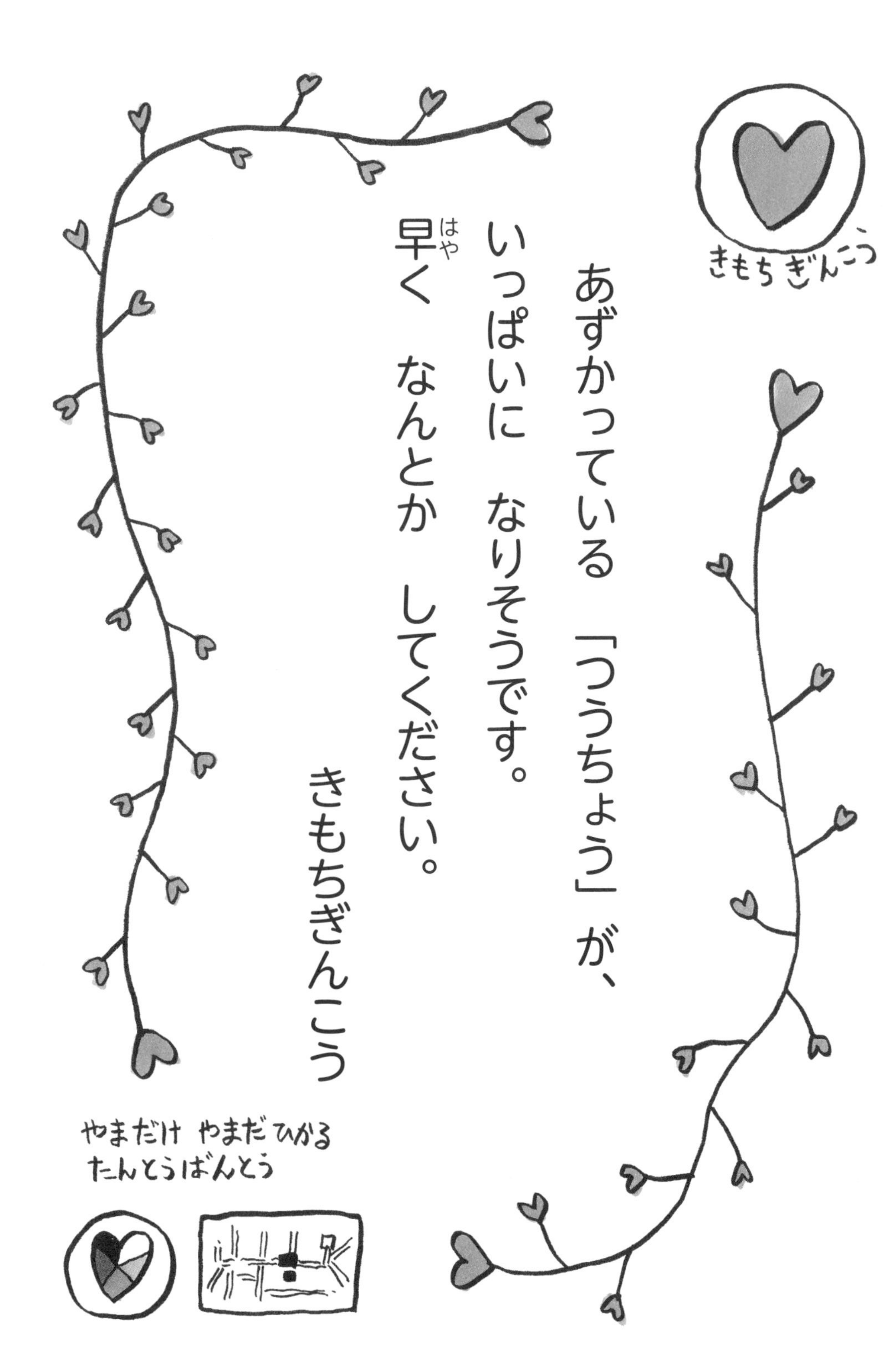
きもちぎんこう
あずかっている「つうちょう」が、
いっぱいに　なりそうです。
早(はや)く　なんとか　してください。
きもちぎんこう
やまだけ やまだひかる
たんとうばんとう

手紙のさいごには、
「やまだけ　やまだひかる　たんとうばんとう」
と、かいてあり、ハートを　かたどった
五色の　マークが　おしてあります。
マークの　となりには　地図が
かいてありました。
（なんだ　こりゃ？　きょうは　学校が
休みだし、いってみよう！）

朝ごはんを　食べおわった　ひかるは、手紙を
もって　家を　出ました。
地図を　見ながら　すすんでいきます。

しょうてんがいを　すぎて、
いくつか　角を　まがりました。

「どこだろう……」
道に　まよっていると、　ぐうぜん、
同じ　クラスの　ゆうたくんと
ここみちゃんに　会いました。

「ひかるくん、どこ　いくの？」
ひかるは、手に　もっていた
地図を　見せました。
（ばんとうさんからだ!!）
ゆうたくんは、前に　そこへ
いったことが　ありました。
「その角を　まがっていくんだよ。
つれていって　あげる！」

「わたしも　いく！」

ここみちゃんも、　あとから　ついて　いきます。

だんだん　家が　少なく　なって、

木が　多く　なって　きました。

「ほら、ここだよ」
ゆうたくんが　ゆびを
さした　先には、
【きもちぎんこう】と
かかれた　かんばんが
ありました。

きもちぎんこう

ゆうたくんと
ここみちゃんに　つづいて、
ひかるも　中に
入っていきます。
見わたすと、ぎんこうや
ゆうびんきょくのような
カウンターが　あります。

「まいど、おおきに。おまちしておりました」
「あ、ばんとうさん」
ゆうたくんが　いいました。
「ゆうたはん、ここみはん、元気（げんき）そうでんな」
ひかるは、とつぜん
へんな　かっこうを　した
おじさんが　でてきたので　びくびくしています。

「ねえ、ゆうたくん。この人(ひと)が　手紙(てがみ)を
くれた人(ひと)？　しりあい？」
「うん。ぼくの　とこにも　きたからね」
「ひかるはん、はじめまして。【きもちぎんこう】で、
『やまだけ　ひかるはん』を　たんとうしている
ばんとうでおます」
ばんとうさんは　にやっとしながら
せつめいを　はじめました。

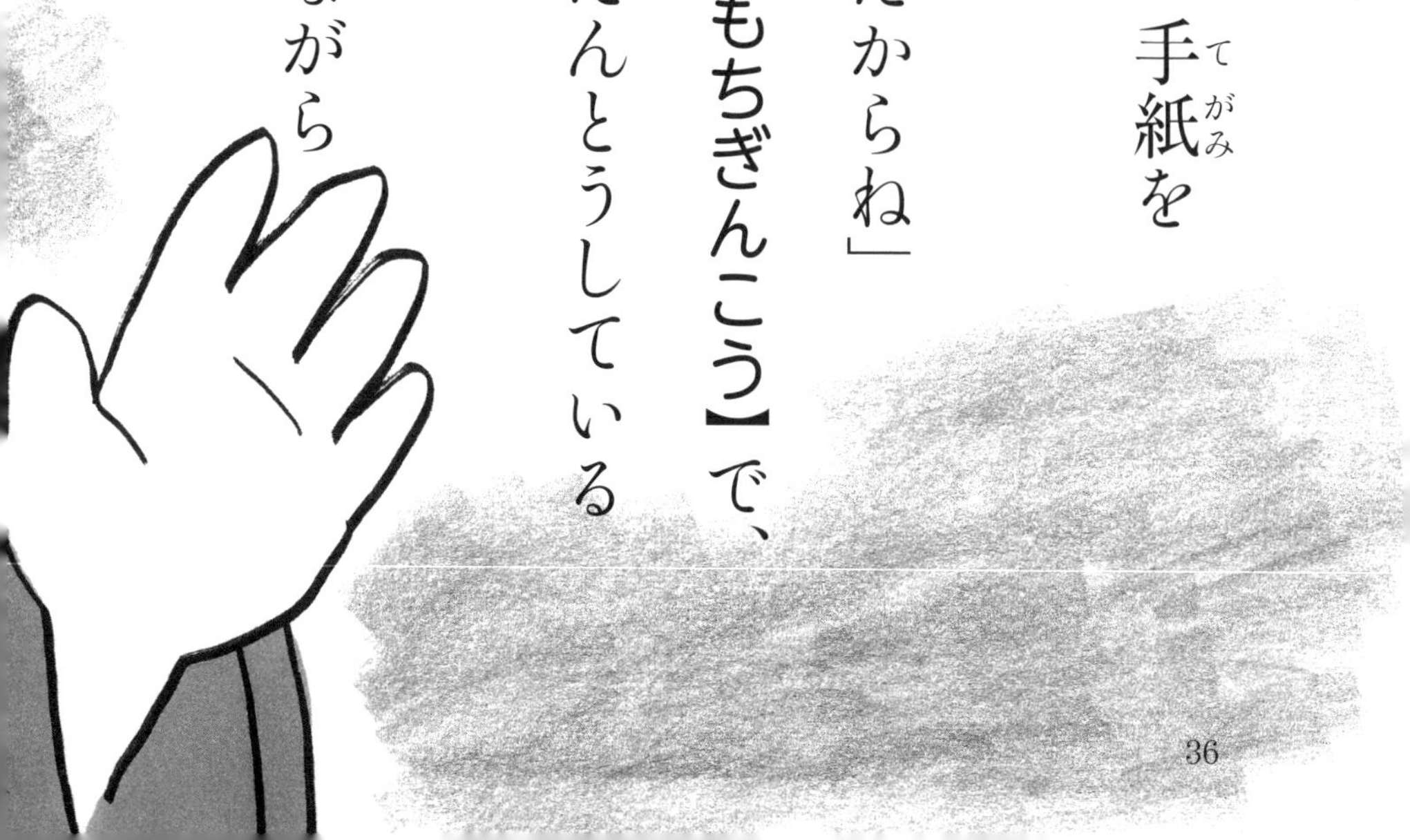

「ゆうたはんと　ここみはんのときは
黒コインと
ぎんいろコインやったけど、
新しい　つうちょうが
できましてん。
ひかるはんのは
青コインと　ピンクコインの
【かぞくつうちょう】ですねん」

「ひかるはん、　あんたはんの
【かぞくつうちょう】が　そろそろ
いっぱいに　なってきたので、
お知らせしましたのや」
そう　いうと、　ばんとうさんは、
もっていた　ちょうめんを、
ひかるに　見せました。

ひょうしに、
【やまだけ　やまだ　ひかる
かぞくつうちょう】と、
かいてあります。
ばんとうさんは、ひかるを
じっと　見ながら、
ちょうめんを　ひらきました。

ちょうめんは、青コインで いっぱいでした。
それぞれの コインに 顔が かいてあります。

「数えてみなはれ」

【とも】の 顔の コイン 十四こ
【さくら】の 顔の コイン 二十一こ
【お父さん】の 顔の コイン 十二こ

【お母さん】の　顔の　コインが
いちばん　多くて、三十二こ　ありました。
ひかるは　びっくりして、
目を　こすりました。
ひかるの　顔の
青コインも　あるのです。
【ひかる】の　顔の
コインは　二十こでした。

「なに、これ？」

「ひかるはん、きのう、きょうだいげんかしましたやろ。それで、なみだ色（いろ）の青（あお）コインが 入（はい）ってきよったんや」

とも
さくら
お母さん

ジャラーン！

カウンターの　おくから、　ひかるが　きいた
あの音が　きこえてきました。

ジャラーン！
ジャラーン！
ジャラーン！

気を　つけて　きいていると、２番、５番、
８番の　カウンターから　ひびいてきます。

1番、4番、6番の　カウンターからは、
べつの　音が　きこえてきました。

カラーンー！
カラーンー！
カラーンー！

ひかるが　きいた　音よりも、
もっと　かろやかで、すんだ　音です。
なにが　どうなって　いるのか、
ひかるには　まったく　わかりません。
そんな　ひかるに　かまうこと　なく、
ばんとうさんは　つづけます。

「この　つうちょうは、人の　きもちを
あずかる　つうちょうですねん。
これは、弟はんを　なかしたときのや。
こっちは、さくらはんと　公園で
けんかしたときの。
青コインが、ふたつずつ　入ってきよった。
もうすぐ　青コインが　つうちょう　いっぱいに
なりそうなんで、お知らせしましたのや」

ひかるの　つうちょうを　見た　ゆうたくんも、
気が　気では　ありません。ゆうたくんは、
思わず　ばんとうさんに　ききました。
「つうちょうが　青コインで
いっぱいに　なると、
やっぱり　たいへんなことが
おこるんだよね？」
「ゆうたはん、さすがでんな。

この　つうちょうは、コイン　百(ひゃっ)こで
いっぱいに　なります。ひかるはんのは、あと
ひとつで　いっぱいやな」
「ええ!?　もし　つうちょうが
青(あお)コインで　いっぱいに　なったら、
いったい　どうなるの……？」
　ひかるは　なきそうに
なりながら、しつもんしました。

「ぼく……、　お父さんにも　お母さんにも、
お姉ちゃんにも　ともにも、　みんなに
きらわれちゃうの……？
もしかして　かぞくじゃ
なくなっちゃうとか!?
ぼくは、　どうしたら　いいの……」

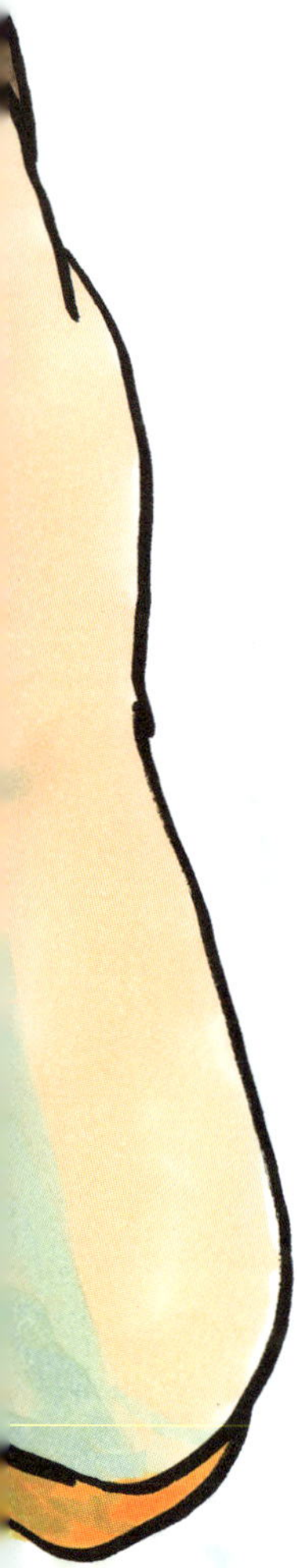

頭(あたま)を　かかえる　ひかるの　目(め)から、
なみだが　こぼれおちました。

「そこまで　いうなら、ヒント、あげましょか。
【かぞくつうちょう】には、青コインと
ピンクコインが　ありますねん。ピンクコインが
ふえると、青コインは　そのぶん
へっていくんや」
「ピンクコインは、どうしたら……」
ひかるが　ばんとうさんに
きこうとした　とたん。

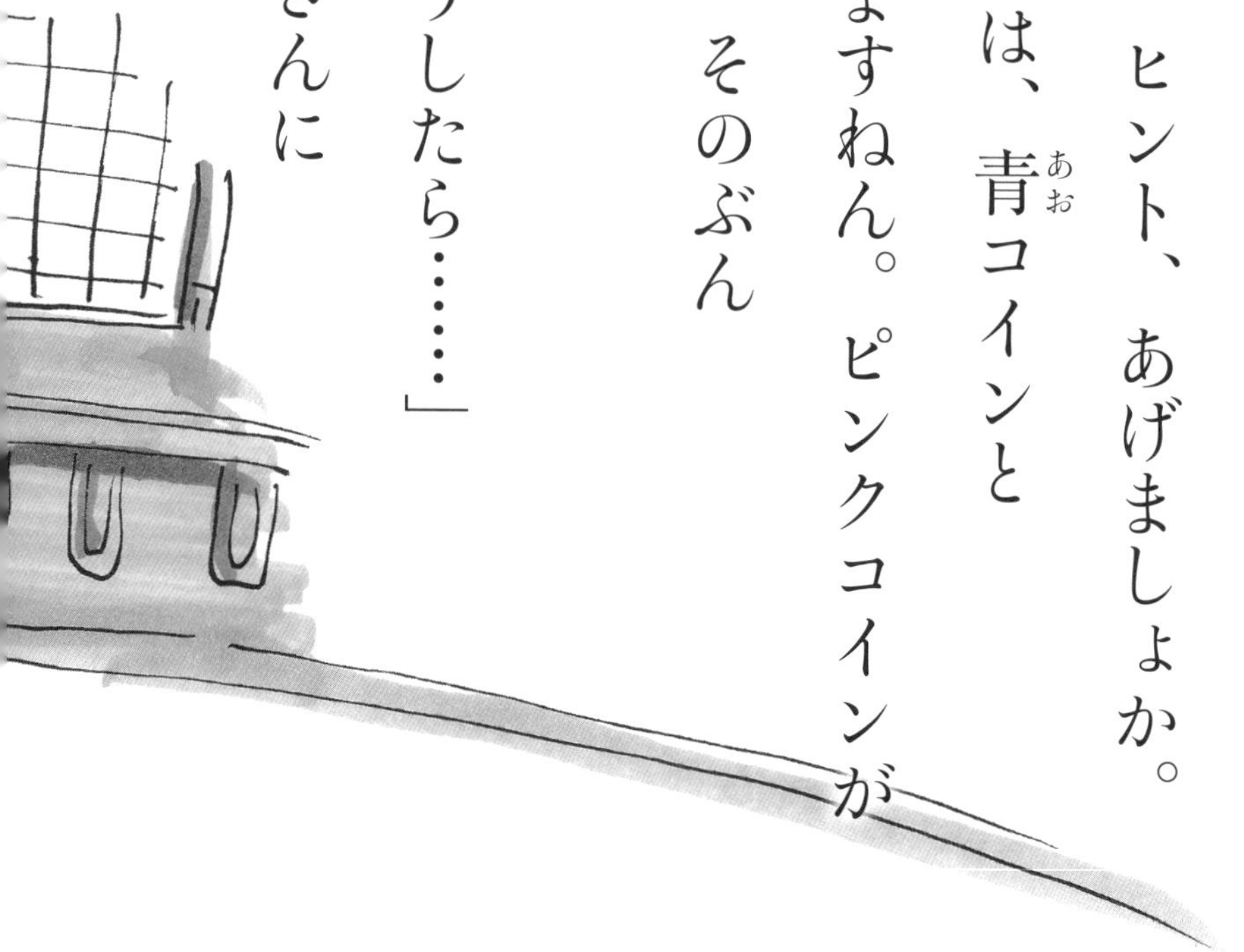

ジリジリ　ジリジリ……。
「本日（ほんじつ）の　ぎょうむは、
これにて　しゅうりょういたします」
ベルと　あんないの　声（こえ）が
きこえると、
カウンターの　まどぐちが　しまり、
ばんとうさんも　きえていました。

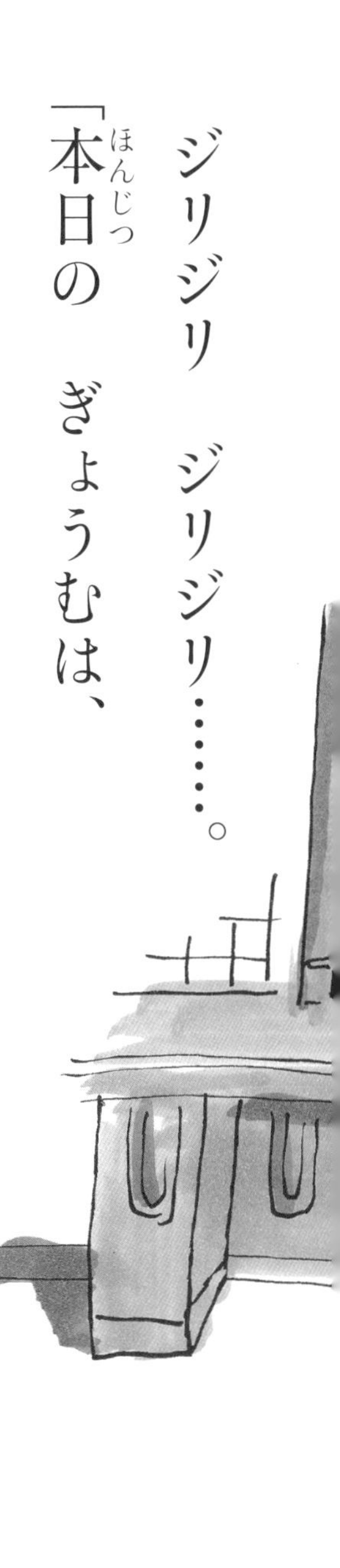

ひかるは　どうして　いいか　わからず、
ゆうたくんに　たずねました。
「いったい　ぼくは　どうしたら　いいの……？」

ゆうたくんは　少し　考えて　いいました。
「ばんとうさんは、青コインを
なみだ色って　いってたよね。だから、その
ぎゃくの　きもちが　ピンクコインなんじゃない？
ぼくの　けいけんから　いうと！」
　きもちぎんこうの　せんぱいとして、
ゆうたくんは、ちょっと　いばって　いいました。
「でも、なみだの　ぎゃくの　きもちって　なに？」

「えっ？　うーん……」
「よく　わからないけど、
あたしの　ぎんいろコインは、
じぶんが　ほんとうに
やりたい　ことを
したときに　入って(はい)きたよ」
　ひかるは　ふたりに
はげまされ　元気(げんき)を　とりもどしました。

つぎの　日曜日、かぞくで　どうぶつ園に
いく　日が　やってきました。
みんなで　お父さんの
車に　のりこみます。
どうぶつ園に　つくと、
ともは　いちもくさんに
お気に入りの　ゾウの
前に　走っていきます。

たくさんの　人が　いて、
なかなか　ゾウが
見えません。
「ほら、　ここに　おいで」
ひかるは　ともに、
ゾウを　見やすい　場所を
ゆずってあげました。

「お兄ちゃん、ありがとう」
ともは　にこにこしながら、
ゾウを　見ています。

カラーン　カラーン！

頭の　上の　ほうから、
さわやかな　音が　きこえてきました。

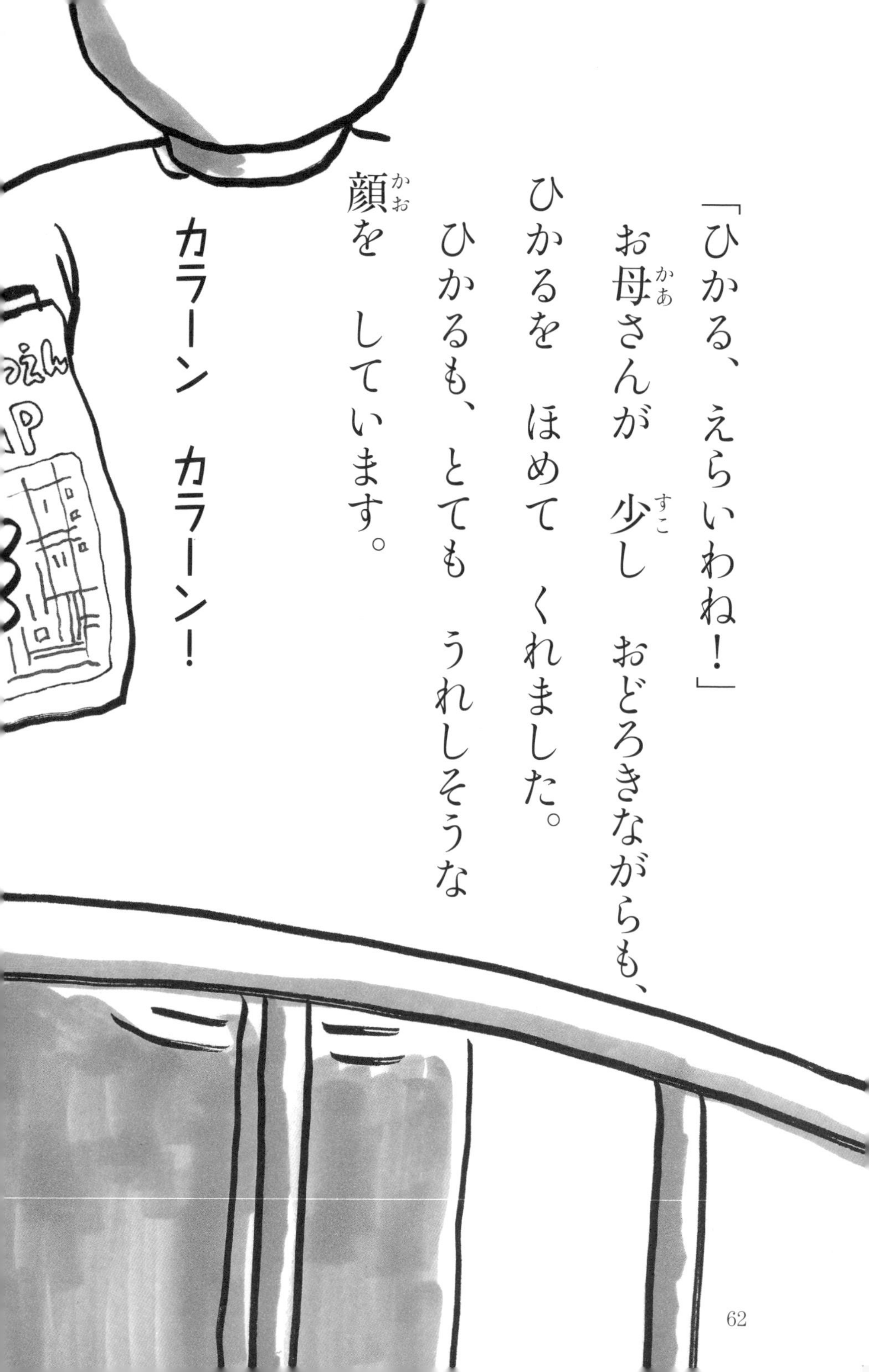

「ひかる、えらいわね！」
お母さんが　少し　おどろきながらも、
ひかるを　ほめて　くれました。
ひかるも、とても　うれしそうな
顔を　しています。

カラーン　カラーン！

いつも　しゃしんがかりをする　さくらが、
カメラを　かまえました。
「お姉ちゃんは、あんまり　しゃしんが
ないだろ？　ぼくが　とるよ」
レンズの　むこうで、さくらと　とも、
お父さんと　お母さん、みんなが
わらっています。
「はい、チーズ」

カラーン　カラーン　カラーン
カラーン　カラーン！

ひかるが　シャッターを
おすと　同時に、
すずやかな　音が
きこえてきました。

「ひかるも　いっしょに　とりましょう」
そう　いって、お母さんが　ひかるの
かたを　だきよせました。
ひかるの　体に、お母さんの
あたたかさが　つたわってきます。
お母さんが　よろこんで
くれている、そう　思うと、
ひかるの　むねが　じんわりとしてきました。

さいごに　どうぶつ園の　人に
たのんで、かぞくぜんいんの
しゃしんを　とってもらいました。

カラーン　カラーン
カラーン　カラーン　カラーン！

すんだ　音が　五回　きこえました。

「ほら、手（て）を　つながないと
あぶないよ」
どうぶつ園（えん）の　ちゅうしゃ場（じょう）で、
ひかるは　ともの　手（て）を
ぎゅっと　にぎりました。

カラーン　カラーン！

「ひかる、きょうは　とっても　いい
お兄ちゃんね」
お父さんも　お母さんも、顔を　見合わせて
ほほえんでいます。

カラーン　カラーン　カラーン！

お母さんと　お父さんの　わらった　顔を
見ると、ひかるも　とても　うれしくなりました。

その日の　夜のことです。
夕ごはんを　食べた　あと、　さくらは　ともと
おり紙を　していました。
お母さんに　あげる
花たばを　つくっています。
自分も　つくりたい　ひかるは、
おり紙を　とろうとしたときに、
うっかり　花を　つぶしてしまいました。

「もう！　らんぼうに　やるからでしょ！
だから、ひかるは　いやなのよ！」
それを　きいた　ひかるは、
おり紙を　ゆかに　なげつけると、
さくらを　たたきました。
「いたい！　なに　すんのよ！」
「おまえが、らんぼうだって、
きめつけるからだろ！」

「おまえとは　なによ。弟の　くせに！」
「ふたりとも　やめなさい！　ひかる！
きょうは　ずっと　やさしかったのに、
また　いつもの　ひかるに
もどっちゃったじゃない！
どうして　そうなのよ？」
お母さんが　となりの　へやから　やってきて、
大きな　声で　ひかるを　ちゅういしました。

ひかるの　頭の　上から　あの音が
きこえてきます。
こわくなった　ひかるは、
へやに　いって、
ふとんを　かぶりましたが、
ふるえが　とまりません。

（かぞくが
いなくなっちゃう……。
ぼくは　ひとりぼっちに
なっちゃうのかな……？）

ひとりで　しばらく　へやに　いると、
少しずつ　きもちが　おちついてきました。
ひかるの　頭に、ばんとうさんの　いった
ことばが　うかんできました。

（これは、弟はんを
なかしたときのや。
こっちは、さくらはんと

公園で　けんかしたときの。
青コインが、ふたつずつ
入ってきよった……）

ばんとうさんは、青コインは
ふたつずつと　いいました。
（ともと　お姉ちゃんで、青コイン　ひとつずつ。
じゃあ、もう　ひとつは……？）

ひかるは、なみだ色の　きもちを
考えてみました。

（けんかになると、ともも
お姉ちゃんも　かなしいと　思うのかな？
ぼくが　ぶてば、いたいよね。
どっちも　なみだ色の　きもちだろうな……。
ぼくだって、ほんとうは　ともとも
お姉ちゃんとも　なかよくしたいんだ）

ここみちゃんは、「ほんとうの　きもち」が
ぎんいろコインを　ふやすと　いっていました。
(けんかになると、ぼくも　かなしい。
だって、ほんとうは
けんかしたくないんだもん。
そうか！

ともや　お姉ちゃんと　けんかすると、
青コインは、ぼくのも、
ふえていくんだ！
ぼくのだけじゃない。
けんかを　してほしくないと
思いながら、けんかを
見てる　お母さんのも！）

どうやら　「ほんとうの　きもち」と
ちがうことが　かぞくに　おきたとき、
青コインが　ふえていくような
気が　してきました。

（ピンクコインが　ふえると、
青コインは　そのぶん　へっていくんや）
ひかるは、ばんとうさんの　ことばを
思いかえします。
（ピンクコインは
どんなときに　入るんだろう？
青は　なみだ色。
じゃあ、ピンクは？）

ひかるは、お母さんが　かたに　手を
のせてくれたとき、なんとなく　ピンクコインが
頭に　うかんだのを　思いだしました。

（ピンクは　あったかい　きもち、
うれしい　きもちかな？
うれしいって、どんなときだろう。
きょう、ぼくは、お母さんに
「ひかる、えらいわね」って
いわれて、すごく　うれしかった！
ともや、お姉ちゃんや、
お母さん、お父さんは、

どんなとき、かなしいとか、
うれしいとかって
思うんだろう……？）

かぞくのことを　かんがえている　うちに、
ひかるの　頭は　こんがらがってきました。
ひかるは、うれしかったこと、
かなしかったことを　紙に　かいてみます。

【かなしかったこと】

○「お兄ちゃんでしょ」って
お母さんに　おこられたこと。

○お姉ちゃんの　おり紙の
花を　つぶしちゃったこと。

○わざとじゃないのに、
「らんぼうだから、
ひかるは　いや」って

お姉ちゃんに　いわれたこと。
○お母さんに「いつもの
ぼくに　もどっちゃった」って
いわれたこと。
○ともや　お姉ちゃんを
ぶっちゃったこと。

【うれしかったこと】

○ともに　ゾウを　見せて
あげられたこと。

○かぞくの　しゃしんを
とって　あげたこと。

○ともに「お兄ちゃん、ありがとう」って
いわれたこと。

○お母さんに

「えらいわね」って
ほめられたこと。
○かぞくで
どうぶつ園に　いって、
みんな　うれしそうだったこと。

そこまで　かくと、　ひかるは　つかれて
そのまま　ねむってしまいました。

お母さんと　さくらが、　ひかるの　ようすを
見にきました。

ひかるが　かいた　紙を　よんだ
お母さんの　目から、　なみだが　ひとつぶ
こぼれおちました。
「ひかる……。　ごめんね。　お母さん、
ひかるの　きもちも　きかないで。
さいきんは　おこってばかり　いて……」

さくらも、はっとしています。
「ひかる、ごめん。
わざと　やった　わけじゃないのに、
らんぼうだって、きめつけて。
あした、おり紙(がみ)　いっしょに　やろうね」

ねむっている　ひかるの　頭（あたま）の　上（うえ）で
カラーン　カラーン　カラーン！
と、すんだ　音（おと）が
ひびきました。

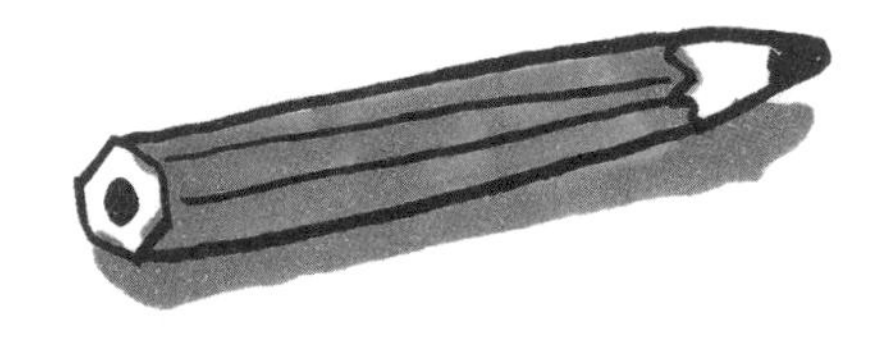

「ひかるはん、
なみだが　おちても、
ピンクコインが　たまるときも
あるんやで。
かぞくの　ほんとうの
きもちが　わかった
やまだけは、
もう　だいじょうぶやな」

まどの　外から　ようすを　見ていた
ばんとうさんが　いいました。
「さて、さて、つぎは
だれの　とこに　いこうかな」

にやりとした　ばんとうさんは、
月の　光に　てらされながら、
ぎんこうへと　もどっていきました。

作者●ふじもとみさと

東京都に生まれる。雑誌記者を経てノンフィクション作家。障害者、高齢者、難病者などの多くを取材して執筆し温かい目線で書かれた文章が好評を得る。現在、ハンディを抱える人々のサポートに力を注いでいる。

著書に第62回青少年読書感想文全国コンクール課題図書（小学校低学年の部）『ひみつのきもちぎんこう』（金の星社）、『笑顔の架け橋　佐野有美～手足のない体に生まれて～』（佼成出版社）、『しいたけブラザーズ』佐野有美との共著『歩き続けよう 手と足のない私にできること』（いずれも飛鳥新社）、『ドキュメント若年認知症　あなたならどうする』（三省堂）など。

画家●田中六大（たなか ろくだい）

東京都に生まれる。あとさき塾で絵本創作を学ぶ。

作絵の絵本に『うどん対ラーメン』『でんせつのいきものをさがせ！』（いずれも講談社）、絵本の絵を担当した作品に『としょかんへ いこう』『いちねんせいの1年間　いちねんせいに なったから！』（いずれも講談社）、『てんつくサーカス』（くもん出版）、児童書の挿し絵作品に『ひみつのきもちぎんこう』（金の星社）、『目の見えない子ねこ、どろっぷ』『教室の日曜日』（いずれも講談社）、『ともだちは うま』（WAVE出版）、『おとのさま、ひこうきにのる』（佼成出版社）、漫画作品に『クッキー缶の街めぐり』（青林工藝舎）がある。

［装丁・デザイン・DTP］ニシ工芸 株式会社（西山克之）
［編集］ニシ工芸 株式会社（渋沢瑶）・青木こずえ

ひみつの
きもちぎんこう かぞくつうちょう できました
作●ふじもとみさと　絵●田中六大

初版発行／2017年11月
発行所／株式会社　金の星社
〒111-0056　東京都台東区小島1-4-3
電話　03-3861-1861（代）　Fax　03-3861-1507
振替　00100-0-64678
ホームページ　http://www.kinnohoshi.co.jp
印刷／広研印刷　株式会社
製本／牧製本印刷　株式会社
NDC913 ISBN978-4-323-07397-2 96P 22cm

お母さん
お父さん
ひかる
とも